Меня зовут Габриела. У нас в семье любят острые стручковые перчики и лепешки фахитас. Пальчики оближешь! Это моё любимое блюдо!

My name's Gabriela. My family loves eating hot, spicy chilli and fajitas.

Yum

Yum

Yummy!

My favourite!

Меня зовут Халед. У дедушки мы едим кус-кус и баранину, запеченную в горшочке. Пальчики оближешь! Это моё любимое блюдо!

I'm Khaled. We eat couscous and lamb tagine when we visit Grandpa.

Yum
   Yum
       Yummy!

My favourite!

Я – Агата, и моя бабушка готовит бигус для меня и моей сестры. Пальчики оближешь! Это моё любимое блюдо!

My name's Agata. My granny is making her special bigos for me and my big sister.

Yum
   Yum
      Yummy!

My favourite!

Я – Двейн, и я люблю козлятину с рисом и горохом, приправленную карри.
Пальчики оближешь!
Это моё любимое блюдо!

I'm Dwayne and I love eating rice and peas with goat curry.

Yum
Yum
Yummy!

My favourite!

Меня зовут Яа-Мин. Моя мама
жарит цыпленка с кукурузой.
Пальчики оближешь!
Это моё любимое блюдо!

My name's Yi-Min. My mum is making
stir fry with chicken and baby corn.

Yum

Yum

Yummy!

My favourite!

Я – Абайба, и моя семья любит острое тушеное мясо с хлебом.
Пальчики оближешь!
Это моё любимое блюдо!

I'm Abeba and my family loves eating injera with spicy zigni.

Yum
   Yum
      Yummy!

My favourite!

Меня зовут Ейко. Мы с сестрой и братом едим лапшу и суши. Пальчики оближешь! Это моё любимое блюдо!

My name's Aiko. I'm eating noodles and sushi with my brother and sister.

Yum
    Yum
        Yummy!

    My favourite!

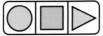

Я – Прити, и моя бабушка готовит для нас с папой чечевицу и лепешки с манговым кефиром.
Пальчики оближешь!
Это моё любимое блюдо!

I'm Priti and my granny makes dhal and roti, with mango lassi for me and daddy.

Yum

   Yum

      Yummy!

My favourite!

Я – Чарли, и у нас с мамой и папой на ужин картофельная запеканка с мясом.
Пальчики оближешь!
Это моё любимое блюдо!

My name's Charlie. I'm having shepherd's pie with Mum and Dad.

Yum

Yum

Yummy!

My favourite!

Меня зовут Ясин. Мы с папой и братом любим кебаб и фаршированные овощи. Пальчики оближешь! Это моё любимое блюдо!

I'm Yasin and I love eating kebabs and dolma with Daddy and my big brother.

Yum
    Yum
        Yummy!

My favourite!